シルバー川柳 ベストセレクション

公益社団法人全国有料老人ホーム協会＋ポプラ社編集部編

ポプラ社

シルバー川柳
ベストセレクション

はじめに

気軽に取り組める川柳づくりを通し、老いを肯定的にとらえ、楽しんでもらいたいと、公益社団法人全国有料老人ホーム協会の主催で二〇〇一年に始まった、川柳作品の公募「シルバー川柳」。おかげさまで、今年で二〇周年を迎えることができました。

当初は協会設立の二〇周年記念事業として一回限りの開催という予定でしたが、予想以上の反響と、数々の名川柳にパワーをいただき、敬老の日のある九月に発表という形で毎年行われるようになりました。以来、これまでに、二一万を超える作品が寄せられていま す。

二〇一二年からは、その年の入選作二〇句をふくむ八八句を掲載した『シルバー川柳』(ポプラ社)の刊行を開始、こちらも今年で一一巻目、大人気シリーズとなりました。

本書は、二〇周年という区切りを機に、これまでの入選作四〇〇句以上の作品の中から、さらに選りすぐりの一〇〇句を掲載した傑作選です。

二〇年の間、世の中には実にさまざまな出来事がありました。みなさまの暮らしにも多くの変化があったことと思います。それは、日常と世相を描き出す「シルバー川柳」にも色濃く反映されていますが、どんなに時を経ても、自らの老いを嘆きつつ楽しむ、日常の暮らしにひそむ笑いを見つける、そんなユーモア心は変わっていないようです。

本書には、この間に起こった事件や流行をまとめた「お達者シルバー年表」も収録しました。それぞれの時代と川柳を照らし合わせて、楽しんでいただければ幸いです。

最後になりましたが、本書の刊行にあたり、作品の掲載をご快諾いただいた作者のみなさま、ご家族のみなさまに厚く御礼申し上げます。

公益社団法人全国有料老人ホーム協会
ポプラ社編集部

シルバー川柳ベストセレクション◉目次

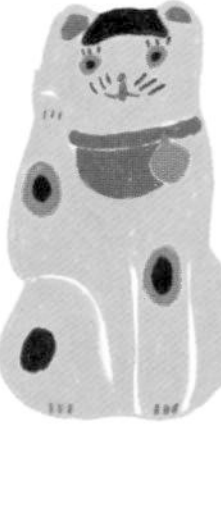

イラストレーション　古谷充子
ブックデザイン　鈴木成一デザイン室

I

2001～2008
セレクション

見くびるな
賞味期限は
切れとらん

ぼん太・男性・福岡県・48歳・第1回

赤い糸
夫居ぬ間に
そっと切る

大垣久美子・女性・香川県・52歳・第1回

家事おぼえ
妻の手抜きが
見えてくる

小畑和裕・男性・東京都・56歳・第2回

おい！おまえ！
いつしか妻の
名を忘れ

佐藤優子・女性・宮城県・48歳・第2回

あれはそこ
それはあそこに
ちゃんとある

渡辺絹子・女性・新潟県・60歳・第2回

忘れもの
とりに戻れば
又忘れ

石黒栄子・女性・富山県・70歳・第2回

旅行好き
行ってないのは
冥土《めいど》だけ

戸張伸子・女性・東京都・51歳・第3回

資産家は
最期に親戚
ドッと増え

宮川孝志・男性・埼玉県・62歳・第3回

年賀状
書かねばあの世と
うわさされ

城冬桜子・女性・東京都・48歳・第3回

カルチャーに先輩顔の妻がいる

山田俊子・女性・愛知県・68歳・第3回

22

補聴器を
外し無敵の
父となる

門脇かずお・男性・鳥取県・47歳・自営・第4回

聞くたびに
話が違う
「若い頃」

水埜信行・男性・神奈川県・64歳・無職・第4回

いびきより
静かな方が
気にかかり

田中多美子・女性・三重県・52歳・主婦・第5回

見栄張って
杖は要らぬと
傘を持ち

さっちい・女性・兵庫県・52歳・主婦・第5回

威張ってた
上司地域で
役立たず

中山邦夫・男性・広島県・69歳・無職・第6回

デパートで買い物よりも椅子探し

渡辺一雄・男性・東京都・30歳・会社員・第6回

カードナシ。
ケータイもナシ。
被害ナシ

河田せき子・女性・愛知県・75歳・無職・第6回

年金を
親子でもらう
家が増え

小泉親種・男性・神奈川県・58歳・塾経営・第6回

まっすぐに
生きてきたのに
腰まがる

石野房江・女性・愛知県・72歳・農業・第6回

無病では話題に困る老人会

井上栄二・男性・千葉県・74歳・無職・第7回

人格の格差広がる高齢者

岩中幹夫・男性・岡山県・31歳・公務員・第7回

驚いた
（惚）れると
（惚）ボけるは
同じ文字

原好英・男性・静岡県・82歳・無職・第7回

食べたこと
忘れぬように
持つ楊枝

田村靖彦・男性・奈良県・54歳・会社員・第7回

万歩計
歩数のびるが
距離のびず

田中博美・男性・山口県・65歳・無職・第7回

遺言を
書いた安堵で
長生きし

富澤舜・男性・北海道・83歳・無職・第8回

足腰を
鍛えりゃ徘徊
おそれられ

和田宏・男性・東京都・68歳・無職・第8回

年寄りに
渡る世間は
罠ばかり

ELVIS松尾・男性・東京都・63歳・飾り職・第8回

ボールなげ
孫にほめられ
ちょっとてれ

中林和子・女性・東京都・71歳・主婦・第8回

あの世では
お友達よと
妻が言い

藤本明久・男性・石川県・64歳・広告事務所自営・第8回

来世も
一緒になろうと
犬に言い

延沢好子・女性・神奈川県・56歳・パート・第8回

九十を
過ぎても気にする
中国産

小川喜洋・男性・東京都・66歳・アルバイト・第8回

思い出がよみがえる！

お達者シルバー年表

「シルバー川柳」が始まって20年余……思い返せばさまざまな出来事がありました。大きな話題を呼んだ事件やキーワード、流行ったものなどを振り返れば、忘れかけていた大切な思い出もよみがえってきます！

＊赤の漢字は毎年12月に発表される「今年の漢字」です。
＊回数と年号は「シルバー川柳」の公募回と公募年です。

第1回

平成13年（2001）

戦

9・11アメリカ同時多発テロ／ヤだねったら、ヤだね／狂牛病日本上陸／抵抗勢力／大阪・池田小殺傷事件／千と千尋の神隠し／DV（ドメスティックバイオレンス）／テロ特措法／しし座流星群大出現／野依良治氏ノーベル賞受賞

第2回

平成14年（2002）

帰

牛肉偽装事件／ゆとり教育／サッカーワールドカップ日韓共催／内部告発／住基ネット／北朝鮮拉致《らち》被害者帰国／ソルトレークシティ冬季五輪／小柴昌俊氏・田中耕一氏ノーベル賞ダブル受賞／声に出して読みたい日本語

第3回

平成15年（2003）

虎

SARS流行／日本郵政公社発足／個人情報保護法／コロンビア号空中分解／マニフェスト／地上デジタル放送開始／バカの壁／なんでだろ〜／爆弾テロ世界各地で多発／阪神タイガースリーグ優勝

第4回

平成16年（2004）

災

オレオレ詐欺／スマトラ島沖地震／アテネ五輪／自己責任／自衛隊イラク派遣／新潟中越地震／セカチュー／チョー気持ちいい／冬のソナタ／負け犬の遠吠え／イチロー大リーグ年間最多安打記録更新

第5回

平成17年
（2005）

愛

愛・地球博／小泉劇場／耐震強度偽装事件／郵政民営化／介護保険法改正／アスベスト健康被害／認知症／富裕層／福知山線脱線事故／クールビズ／リフォーム詐欺／鳥インフルエンザ猛威／想定内／パキスタン大地震

第6回

平成18年
（2006）

命

ライブドア事件／振り込め詐欺／トリノ冬季五輪／イナバウアー／メタボリックシンドローム／品格／ワンセグ／美しい国／格差社会／脳トレ／ハンカチ王子／北朝鮮初の核実験／いじめ自殺続発／日本の人口減少局面に

第7回

平成19年
（2007）

偽

消えた年金／ハニカミ王子／食品表示改竄《かいざん》・偽装事件／鈍感力／千の風になって／国民投票法成立／「発掘！あるある大辞典」捏造《ねつぞう》事件／ネットカフェ難民／そんなの関係ねぇ／どんだけぇ～／地球温暖化問題／猛暑日

第8回

平成20年
（2008）

変

中国製ギョーザ食中毒事件／ゲリラ豪雨／秋葉原無差別殺傷事件／北京五輪／名ばかり管理職／リーマンショック／アラフォー／後期高齢者医療制度／南部陽一郎氏・益川敏英氏・小林誠氏・下村脩氏ノーベル賞4人同時受賞

第9回

平成21年
（2009）

新

政権交代／バラク・オバマ大統領就任／裁判員裁判／草食男子／定額給付金／新型インフルエンザ世界的流行／シルバーウィーク／事業仕分け／アラ還／歴女／派遣切り／ファストファッション／マイケル・ジャクソン急死

第10回

平成22年（2010）

暑

観測史上1位の猛暑／上海万博／足利事件無罪判決／大阪地検特捜検事証拠改竄事件／女子会／ハイチ大地震／日本航空経営破綻／チリ落盤事故・奇跡の生還／バンクーバー冬季五輪／小惑星探査機はやぶさ帰還／無縁社会

第11回

平成23年（2011）

絆

東日本大震災／福島原発事故／金正日総書記死去／オサマ・ビンラディン殺害／欧州財政危機／なでしこジャパンサッカー女子ワールドカップ優勝／帰宅難民／大相撲八百長事件／風評被害／どや顔／絆／ラブ注入

第12回

平成24年（2012）

金

自公政権奪回／ロンドン五輪／東京スカイツリー開業／金環日食／爆弾低気圧／生活保護費不正受給問題／iPS細胞／山中伸弥氏ノーベル賞受賞／消費税法改正／終活／ワイルドだろぉ／LCC

第13回

平成25年（2013）

輪

アベノミクス／特定秘密保護法／東京五輪開催決定／PM2・5汚染深刻化／ブラック企業／今でしょ！／ヘイトスピーチ／お・も・て・な・し／倍返し／ご当地キャラ／じぇじぇじぇ／伊勢神宮・出雲大社遷宮

第14回

平成26年（2014）

税

消費税8％に／御嶽山噴火／広島土砂災害／ソチ冬季五輪／壁ドン／赤崎勇氏・天野浩氏・中村修二氏ノーベル賞トリプル受賞／あべのハルカス完成／集団的自衛権／妖怪ウォッチ／STAP細胞論文捏造／韓国セウォル号沈没

第15回

平成27年（2015）

安

安全保障関連法／パリ協定採択／イスラム過激派テロ世界各地で勃発／TPP交渉大筋合意／マイナンバー／大村智氏・梶田隆章氏ノーベル賞ダブル受賞／ドローン／爆買い／五郎丸ポーズ／一億総活躍社会／北陸新幹線開業

第16回

平成28年
（2016）

金

天皇退位の意向／熊本地震／相模原障害者施設殺傷事件／英国EU離脱を選択／リオデジャネイロ五輪／PPAP／オバマ大統領広島訪問／ポケモンGO／広島東洋カープリーグ優勝／神ってる／マイナス金利／君の名は

第17回

平成29年
（2017）

北

森友・加計問題／座間9人殺害事件／北朝鮮核開発／「共謀罪」法成立／金正男暗殺／九州北部豪雨／トランプ政権発足／フェイクニュース／インスタ映え／藤井聡太棋士29連勝／忖度《そんたく》／〇〇ファースト

第18回

平成30年
（2018）

災

麻原彰晃ら死刑執行／カルロス・ゴーン会長逮捕／西日本豪雨／北海道地震／平昌冬季五輪／大谷翔平大リーグで新人王／おっさんずラブ／そだねー／#Me Too／大坂なおみグランドスラム初優勝／eスポーツ／働き方改革

第19回

平成31年／令和元年（2019）

令

天皇代替わり／消費税10％に／台風豪雨で甚大被害／米中貿易摩擦／首里城火災／京アニ放火殺人事件／イチロー引退／ラグビーワールドカップ日本大会／ノートルダム大聖堂火災／免許返納／闇営業／ONE TEAM

第20回

令和２年（2020）

密

新型コロナ／緊急事態宣言／東京五輪延期／WHOパンデミック宣言／３密／菅政権発足／アベノマスク／ブラック・ライブズ・マター／新しい日常／藤井聡太棋士最年少２冠／あつ森／鬼滅の刃／愛の不時着／アマビエ

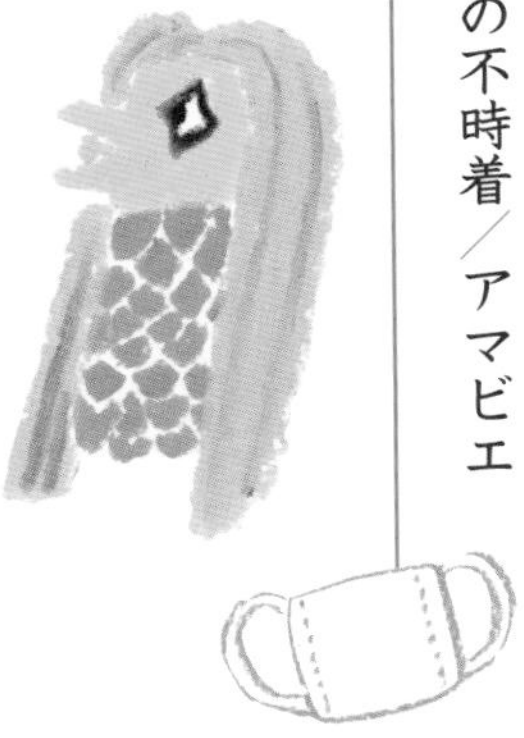

川柳達人にきく！

其の壱

◉定番テーマ「夫婦の関係」はこう描く

不満なら犬に言うなよオレに言え

（足立忠弘さん、第一〇回入選、東京都）

川柳の定番テーマのひとつが「夫婦の関係」。特に、男性の場合は定年後の居場所がなかなか見つからず、家にいても家族から邪魔者扱いされてしまうことがあるようで、そんなビミョーな夫婦関係を描いた作品が多く寄せられます。

たとえば、「家事おぼえ妻の手抜きが見えてくる」（一〇頁）や「あの世ではお友達よと妻が言い」（四六頁）は、明らかに格上の妻の存在がリアルに描かれています。いっぽう熟年夫婦の日常を淡々と描いた「五十年かかって鍋と蓋が合う」（六六頁）は、静かな愛情を感じる名作です。

そんな夫婦の関係を、ペットを引き合いにして詠んだ作品にも秀逸なものがあります。「不満なら犬に言うなよオレに言え」（七一頁）で第一〇回入選となった足立忠弘さんは、シリーズにもたびたび登場する達人。実際に奥様と老犬との三人で暮らしていて、犬ネタの句では他に「『出来たわよ』呼ばれて行ったら犬だった」もあります。政治や事件など日々のニュースにも注目し、川柳の題材に取り入れていますが、コツは思いついたらすぐにメモを取ること。記録に残せるよう専用のノートを手元に準備して、新聞やラジオ、「シルバー川柳」以外の川柳の公募にも投稿するなどして腕を磨いています。

◉「シルバーあるある」＋流行りのキーワード

メルカリで誰も買わないワシの服

（角森玲子さん、第一九回入選、島根県）

入選者の方に作品の背景について伺うと、やはりご家族のことや身近に起こったことをヒントに川柳を詠んだという方が多いようです。ポイントとなるのは人間観察力。

本書掲載の「メルカリで誰も買わないワシの服」（一四三頁）で第一九回入選となった角森玲子さんも、優れた観察眼とおおらかな人間愛の持ち主です。これまでにも「年賀状出さずにいたら死亡説」（第一五回）、「絵手紙でいい味出してる震える字」（第一六回）、「お揃いの茶碗にされる俺と猫」（第一八回）と、入選数では最多を誇る超達人です。

角森さんが川柳を始めたのは一〇年ほど前。お子さんが中高生になって子育てに余裕ができたことから、時間を見つけて俳句や川柳を詠むようになりました。ご本人によれば、「ともかく浮かんだものはどんどん形にすること」。ほぼ毎日川柳を詠み、なるべく機会を見つけて投稿するようにしているそうです。

ご自身の理容室や趣味の絵画教室など、シニア世代と接する機会がとても多く、彼らを観察しているといろいろなアイデアが浮かぶといいます。よくあるのは「昔の自慢話がしょっちゅう出てくる」「互いに話がかみ合わなくても平気」「人それぞれにこだわりが強い」などだそうですが、角森さんはそんなお年寄りに対して愛情とユーモアをしっかりと込め、今日も新作を詠みあげています。

Ⅱ
2009〜2014
セレクション

定年に
エプロン貰い
嫌な予感

田辺正勝・男性・東京都・64歳・パートタイマー・第9回

証人が一人もいない武勇伝

上中直樹・男性・千葉県・30歳・自営業・第9回

お辞儀して共によろけるクラス会

石岡和子・女性・東京都・82歳・無職・第9回

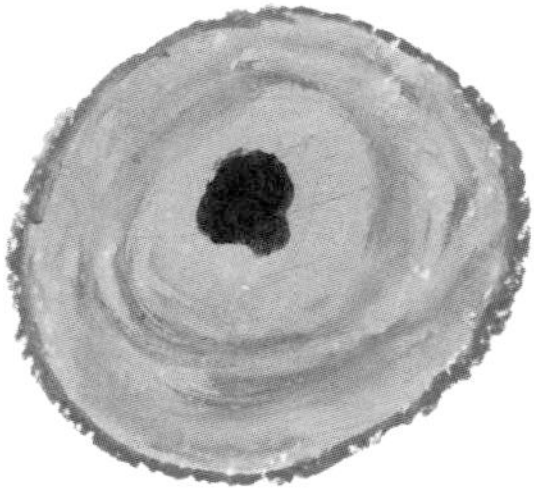

五十年
かかって鍋と
蓋が合う

田村常三郎・男性・秋田県・76歳・無職・第9回

その昔
恐竜見たかと
問う曾孫

まきこ・女性・千葉県・55歳・主婦・第9回

注目を
一身に受け
餅食べる

山本哲也・男性・千葉県・39歳・会社員・第9回

「アーンして」
むかしラブラブ
いま介護

山口松雄・男性・愛知県・63歳・無職・第10回

不満なら
犬に言うなよ
オレに言え

足立忠弘・男性・東京都・71歳・無職・第10回

味のある
字とほめられた
手の震え

大沢紀恵・女性・新潟県・70歳・無職・第10回

振り返り
犬が気遣う
散歩道

もずく・女性・北海道・44歳・アルバイト・第11回

万歩計
半分以上
探しもの

工藤光司・男性・大阪府・68歳・無職・第11回

中身より字の大きさで選ぶ本

西村嘉浩・男性・神奈川県・71歳・無職・第11回

目には蚊を
耳には蟬を
飼っている

中村利之・男性・大阪府・67歳・無職・第11回

誕生日
ローソク吹いて
立ちくらみ

今津茂・男性・大阪府・63歳・会社員・第11回

まだ生きる
つもりで並ぶ
宝くじ

酒井具視・男性・東京都・36歳・会社員・第11回

少ないが
満額払う
散髪代

卑弥呼・男性・東京都・66歳・自営業・第11回

年金の扶養に入れたい犬と猫

藤木久光・男性・福岡県・68歳・無職・第12回

延命は
不要と書いて
医者通い

賣市高光・男性・宮城県・70歳・無職・第12回

アイドルの還暦を見て老を知る

二瓶博美・男性・福島県・54歳・無職・第12回

改札を
通れずよく見りゃ
診察券

ねこねこラッキー・女性・千葉県・46歳・主婦・第12回

二世帯を
建てたが息子に
嫁が来ぬ

滝上正雄・男性・神奈川県・64歳・会社員・第12回

目覚ましの
ベルはまだかと
起きて待つ

山田宏昌・男性・神奈川県・71歳・自由業・第12回

起きたけど
寝るまでとくに
用もなし

吉村明宏・男性・埼玉県・73歳・無職・第12回

検査あと
妻のやさしさ
気にかかり

細野理・男性・岐阜県・63歳・自営業・第13回

耳遠く
オレオレ詐欺も
困り果て

岩間康之・男性・兵庫県・60歳・公務員・第13回

ひ孫の名
読めない書けない
聞きとれない

松本俊彦・男性・京都府・48歳・会社員・第13回

本性が
出ると言うから
ボケられぬ

阿部浩・男性・神奈川県・53歳・会社員・第13回

通
ハ

暑いので
リモコン入れると
テレビつく

佐々木郁子・女性・宮城県・75歳・無職・第13回

寝て練った
良い句だったが
朝忘れ

久保静雄・男性・埼玉県・73歳・無職・第13回

元酒豪
今はシラフで
千鳥足

川辺昌弘・男性・岡山県・38歳・自営業・第14回

LED
絶対見てやる
切れるとこ

石井かおり・女性・大分県・53歳・自営業・第14回

同時期にシュウカツをする孫と爺

口笛太郎・男性・愛知県・50歳・会社員・第14回

いびるなら
遺言書きかえ
倍返し

トミスター・男性・福岡県・42歳・フリーター・第14回

補聴器を
はめた途端に
嫁、無口

佐野由美子・女性・三重県・44歳・保育士・第14回

老いるとは
こういうことか
老いて知る

城内光子・女性・東京都・64歳・主婦・第14回

川柳達人にきく！ 其の弐

◉話題のキーワードを身近な出来事に置き換えて

失言は家庭内でも命取り

（おたやんさん、第一九回入選、和歌山県）

もともと読書が好きだったおたやんさん、ご自身で小説を書いて応募したこともあったそうですが、「かすりもしなくて才能がないとあきらめ」、ならば川柳をと数年前から応募を開始。初の応募作「きみの名はさっきも聞いた気はするが」と、本書掲載の入選作「失言は家庭内でも命取り」（一四八頁）の二句が『シルバー川柳9』に掲載されました。おたやんさんによれば、同じ五七五でも俳句は芥川賞で、川柳は直木賞。ご自身がエンタメ好きとのことで後者を選んだそうです。ちなみに奥様も川柳を詠んでいて、「わかってるコロナの前から太ってた」が「第一二回サヨナラ脂肪川柳大賞」（カーブス主催）で大賞

を受賞しています。

おたやんさんにとって面白い川柳のコツはふたつあるといいます。ひとつは聞いた人がその場の情景を目に浮かべることができるもの。もうひとつは、旬のキーワードや時事的な話題を身近な出来事に落とし込むこと。

「失言は家庭内でも命取り」も、「政治家あるある」を家の中の出来事に置き換えて、その場のいたたまれない雰囲気、うっかり失言した人の疎外感が目に浮かぶ作品を成立させています。ちなみに、応募前の類似句チェックは入念に行っているそうです。

◉時代のキーワードが名川柳を生む!

本書の「お達者シルバー年表」(五〇~五七頁)では、その年の話題の出来事、流行語などを紹介していますが、そのキーワードはさまざまな形で作品に反映されています。

たとえば、二〇一四年の「壁ドン」を取り上げた「壁ドンでズボンの履き換えやっとでき」(一一七頁)では、恋愛から老いのイメージへの落差が表現されていますし、二〇一七年の「インスタ映え」を題材にした「『インスタバエ』新種の蠅かと孫に問い」（一三七頁）は、世代間ギャップをうまく笑いに転換しています。

本書では、この二〇年間のシルバー川柳入選作を改めて紹介することで、私たちが過ごしてきた時代も振り返ることができました。二〇二一年はコロナを詠んだ句が圧倒的でしたが、来年以降はどんなキーワードが話題になるでしょうか。どういう時代でもユーモアの精神と笑いを忘れずにいたいですね。

Ⅲ
2015～2020
セレクション

マイナンバー ナンマイダーと 聴き違え

沢登清一郎・男性・山梨県・67歳・自営業・第15回

老いるとは
ふえる薬と
減る記憶

黄昏迫子・女性・愛知県・68歳・主婦・第15回

お互いに
ボケかトボケか
気がつかず

小田島忠彦・男性・神奈川県・74歳・自由業・第15回

壁ドンで
ズボンの履き換え
やっとでき

伊藤敏晴・男性・福井県・69歳・無職・第15回

アルバムに
遺影用との
付箋あり

鈴木冨士夫・男性・埼玉県・65歳・自営業・第15回

金が要る
息子の声だが
電話切る

浜乙女・女性・神奈川県・72歳・主婦・第16回

「やめとくれ」
ただの寝坊で
脈とられ

くずれ荘の管理人・男性・大阪府・49歳・会社員・第16回

やっと立ち
受話器を取れば
電話切れ

井堀雅子・女性・奈良県・63歳・無職・第16回

チンをして
出すの忘れて
冷蔵庫

岩手のがよこ・女性・岩手県・67歳・主婦・第16回

この歳で
止めてどうする
酒たばこ

永田寿道・男性・岡山県・67歳・農業・第16回

寝てるのに
起こされて飲む
睡眠薬

瀬戸なおこ・女性・神奈川県・59歳・主婦・第17回

ルンバさえ
越えてる段に
足とられ

あーさまま・女性・大阪府・58歳・無職・第17回

温かく
迎えてくれるは
便座のみ

圓崎典子・女性・茨城県・53歳・パート・第17回

130

遺言書「すべて妻に」と妻の文字

りく・そら・ばあば・女性・愛知県・59歳・主婦・第17回

ペットロス
主人の時より
号泣し

岩谷紀子・女性・東京都・76歳・主婦・第17回

ポケモンを
捜し歩いて
捜されて

駄句さん・男性・静岡県・76歳・無職・第17回

「君の名は？」
老人会でも
流行語

はだのさとこ・女性・岡山県・62歳・主婦・第17回

朝起きて
調子いいから
医者に行く

小坂安雄・男性・埼玉県・77歳・無職・第18回

靴下を
立って履くのは
E難度

近藤真里子・女性・東京都・56歳・パート・第18回

「インスタバエ」
新種の蝿かと
孫に問い

石井丈夫・男性・滋賀県・83歳・無職・第18回

懐メロが
新し過ぎて
歌えない

宮内宏高・男性・千葉県・65歳・無職・第18回

うまかった
何を食べたか
忘れたが

アリス・女性・三重県・52歳・福祉施設職員・第18回

四元号
生き抜き迎える
白寿かな

山田祐四郎・男性・千葉県・97歳・無職・第19回

メルカリで誰も買わないワシの服

角森玲子・女性・島根県・51歳・自営業・第19回

オレオレの相手をしたいほどの暇

笑爺・男性・神奈川県・73歳・無職・第19回

グレーヘア
したいがすでに
ハゲ頭

得能義孝・男性・広島県・76歳・無職・第19回

挑んでも
店員を呼ぶ
セルフレジ

中川潔・男性・福井県・54歳・会社員・第19回

失言は家庭内でも命取り

おたやん・男性・和歌山県・64歳・無職・第19回

ばあさんの手づくりマスク息できず

星野透・男性・埼玉県・82歳・無職・第20回

円満の秘訣ソーシャルディスタンス

荒木貞一・男性・北海道・77歳・無職・第20回

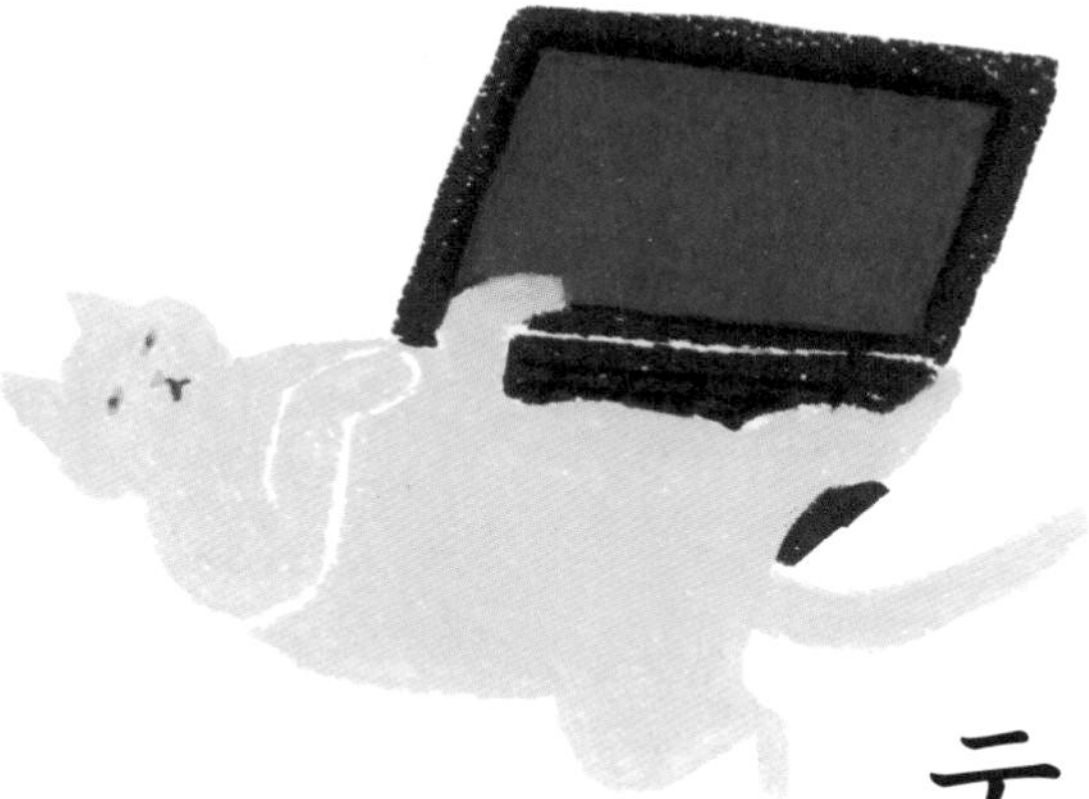

テレワーク
やってみたいが
俺無職

小畑和裕・男性・東京都・73歳・団体役員・第20回

頭頂部
だけが見えてる
オンライン

ロマン派・男性・北海道・53歳・会社員・第20回

なぜ吠えるマスク姿の飼い主に

エル・ママ・女性・熊本県・50歳・介護関連・第20回

ゴミ出しの俺とカラスは顔馴染み

田辺征夫・男性・千葉県・73歳・第20回

本書に収録された作品は、公益社団法人全国有料老人ホーム協会主催「シルバー川柳」の入選作から選出されたものです。

Ⅰ章　第一回〜第八回入選作
Ⅱ章　第九回〜第一四回入選作
Ⅲ章　第一五回〜第二〇回入選作

＊　掲載句の選出は、公益社団法人全国有料老人ホーム協会とポプラ社編集部が行いました。
＊　作者の方のお名前（ペンネーム）、ご年齢、ご職業、ご住所は、応募当時のものを掲載しています。

公益社団法人全国有料老人ホーム協会

全国有料老人ホーム協会（有老協）は、有料老人ホーム利用者の保護と、ホームを運営する事業者の健全な育成を目的に一九八二年に設立されました。内閣府認定の公益法人で老人福祉法に規定されている唯一の団体です。「シルバー川柳」の公募は、高齢者の皆様に元気を届けることを目的に二〇〇一年より開始しました。

有老協では有料老人ホームへ入居を検討している方へ無料相談を行っています。また、会費無料の会員制度「輝《かがやき》・友の会」を運営し、入会時には選び方や注意点をまとめた冊子を進呈、さらには定期情報誌を発行し有料老人ホームに関する様々な情報を提供しています。

*「シルバー川柳」「輝・友の会」「入居相談」のお問い合わせ
電話 〇三―三五四八―一〇七七
受付時間は月・水・金曜日
一〇時～一七時（祝・休日は除く）
東京都中央区日本橋三―五―一四
アイ・アンド・イー日本橋ビル七階

有老協
ホームページ
QRコード

シルバー川柳ベストセレクション

二〇二一年一一月一日　第一刷発行

編者　公益社団法人全国有料老人ホーム協会、ポプラ社編集部
発行者　千葉 均
編集　浅井四葉、倉澤紀久子
発行所　株式会社ポプラ社
〒一〇二-八五一九　東京都千代田区麹町四-二-六
印刷・製本　図書印刷株式会社

Printed in Japan N.D.C.911/159P/19cm　ISBN978-4-591-17164-6

P8008358